"내게 와 줘서 고마워.
그리고 사랑해."

내 사랑 　　　　　에게

　　　　가

너의 사랑이 내 마음을
무지개 빛깔로 채색하기 시작했어.

너의 사랑으로 물든 내 삶은
얼마나 아름다운 그림이 될까?

초록서재

그래도
사랑해

글 ♥ 그림 임선경

차례 }

두 번째 이야기
너는 내 운명이야

첫 번째 이야기
너는 내 선물이야

{ 너는 내 선물이야 }

홀로 선 나무

나는 마음에 들지 않는 일이 있어도
늘 반달눈으로 웃어 주는 착한 소녀였어.

나는 안개꽃처럼 누군가를 돋보이게 해 주고
숨이 차게 힘들어도 혼자 아픔을 삭이곤 했어.

나는 언제나 사람들의 마음을 토닥여 주고
미소 지으며 말해야 하는 줄 알았어.

사람들은
내 가슴에 또르르 흐르는 아픈 눈물을
왜 보지 못할까?

기대고 싶고 위로받고 싶은 내 마음을
왜 알아채지 못할까?

그렇게 내 마음을 읽어 주는 사람 없이
외로운 하루하루를 보냈어.

나는 그렇게 살았어.

눈부신 네가 나타나
내 맘을 흔들어 놓기 전까지는.

선택

너의 선택에서 시작되었어,
내 사랑은.

내 텅 빈 가슴에 먼저 노크하고
들어온 것은 너였으니까.

손 내밀며 다가온 너를
운명이라 믿을래.

밤하늘의 별처럼 많은 사람 중에서
나를 찾아낸 너니까.

사랑이 시작되었나 봐

햇살 가득한 아침을
콩닥콩닥 뛰는 가슴으로 맞이해.

내 맘에 찾아온 봄이
꽃봉오리 하나를 '톡' 터트렸어.

내 가슴은 또 얼마나 두근거릴까?

사랑이 시작되었나 봐.

아침 편지

"딩동~."

눈을 뜨자마자 매일매일
네가 보내 준 편지로 아침을 열어.

사랑 가득한 너의 편지가
내 얼굴을 햇살처럼 빛나게 해.

알고 있니?

보석처럼 반짝이는 내 웃음은
네가 보내 준 아침이란 걸.

첫 데이트

푸르른 나무 터널 사이를 걸으며
첫 번째 데이트를 했지.

마음은 하늘을 둥둥 떠다녔고
설렘에 가슴은 쿵쾅거렸어.

기억하고 있니?

개구쟁이 바람이 내 치마를 들어 올릴 때
홍당무처럼 붉어졌던 내 얼굴을.

당황하던 내 손을 네가 살며시 잡아 줬을 때
가벼운 멀미 같은 나른한 기쁨을 느꼈어.

아이스크림보다 달콤했던 하루,
시간은 왜 그리 빨리 가는지.

할 말은 많지만
오늘 일기엔 두 문장만 쓸 거야.

좋았어.
너랑 함께해서 좋았어.

새로운 이름

"꼬맹아!"
처음에 넌 나를 그렇게 불렀어.

너와 조심조심 거릴 두고 걷는다며
'3m'라고도 불렀지.

말랑말랑 마음이 여리다며
'순두부'라고 부르더니

콩콩콩 강아지 걸음으로 걷는다며
'콩이'라고도 불렀어.

나를 '아가야'라고 불러 주었을 땐
놀랐지만 마음속 가득 기쁨이 차올랐지.

너처럼 사랑스럽고 걱정 어린 목소리로
나를 불러 준 사람은 아무도 없었어.

네가 나를 부를 때면
넓은 네 어깨에 기대고 싶어진다는 걸

너는 알고 있을까?

토끼풀 꽃반지

내 볼만큼 발그스레한 노을로
지평선이 눈부시게 빛나던 날.

너는 아이처럼 풀밭으로 뛰어가더니
토끼풀 꽃반지를 내게 끼워 주었지.

설레던 그때 그 미소와
알콩달콩 데이트는 솜사탕보다 달콤했어.

네 사랑에 물들며 나는
발을 동동거릴 만큼 행복했지.

하루밖에 지나지 않았는데
나는 벌써 다음 데이트를 기다려.

내 마음에 깊이 새겨진
토끼풀 꽃반지를 끼고 말이야.

화관

화관을 만들기 시작했어,
내 마음의 주인이 된 너를 위해.

분홍빛 작은 들꽃들이 달린 사랑스러운 화관에
우아한 리본과 우윳빛 작은 구슬도 달았어.

내 마음을 다스리는 임금인 너에게
왕관처럼 화관을 씌워 줄 거야.

수줍지만 네 볼에 살며시 입 맞추고
나지막이 귓가에 속삭일 거야.

"내게 와 줘서 고마워."
"사랑해 줘서 고마워."

자전거

살랑살랑 바람이 나무를 춤추게 하던 날.

자전거를 타고 앞서가던 네가
뒤돌아보며 한마디 툭 던졌지.

"사랑해."

춤추는 나무들처럼 살랑살랑
내 마음을 출렁이게 만든 그 말을

나는 놓치지 않고
자전거와 귓가에 매달아 놓았어.

자전거를 볼 때마다 그 말이 떠오르도록.
내 귀가 늘 너의 고백을 기억하도록.

바람이 참 좋은 날

"철커덕!"
너와 내 안엔 자석이 숨어 있나 봐.

네가 얼마나 강하게 끌어당기는지
어느새 나는 네 앞에 서 있어.

베이지색 리본 달린 예쁜 모자에
하늘거리는 도트 원피스를 입고 말이야.

물결이 일렁이는 강가를 걸으며
나는 네 손을 꼭 잡았어.

오늘은 자석처럼 꼭 붙어서
네 숨결을 느끼고 싶어.

바람이 참 좋아.
바람이 전해 주는 네 향기가 참 좋아.

사용설명서 1

커튼을 활짝 열면 푸른 하늘이 시원스레 보이듯
너는 미처 알지 못했던 내 모습을 하나하나 보여 주었지.

마음에 드는 일이 생기면 "좋아! 좋아!"를 외치며
아이처럼 두 발을 동동 구른다고 말해 주었어.

싫은 일은 절대로 하지 않고
재미나면 "또 해 줘!"라며 눈을 동그랗게 뜬다고.

어쩌다 한 번씩 "아잉!" 콧소리로 놀라게 하고
가끔은 새침하게 눈 흘기는 여우가 된다고.

답하기 어려울 땐 너에게 다시 질문하고
때론 근거 없는 자신감으로 실수도 한댔어.

너는 믿을 수 없을 만큼 나를 잘 알아.
아니, 나보다도 나를 더 잘 알아.

천사가 너에게 내 사용설명서라도 준 걸까?

솔직히 말해 봐.
천사 만난 거 맞지?

사용설명서 2

너에게 물었어.
"어떻게 나를 그렇게 잘 알아?"

너는 내 눈을 바라보며 말했어.
"항상 너에게 집중하니까 네가 잘 보여."

나 자신을 잘 몰랐는데
네가 나를 사랑해 주니 내 모습이 보이기 시작했어.

나만을 바라보는 네 사랑이
거울처럼 나를 비춰 주었어.

약속해.

네 손에서 내 사용설명서를
절대 놓지 않겠다고.

{ 너는 내 운명이야 }

큰 나무

처음엔
살짝 손만 내밀어 배려해 준 거라고 생각했는데

이제는
기대어 편히 쉴 수 있는 나무로 자라고 있어.

처음이야,
두근두근 보고 싶은 마음.

잊지 못할 거야,
네게 받은 가슴 찡한 감동들.

놓치지 않을 거야,
내 마음속에 큰 나무로 우뚝 선 너.

네가 나를 부를 때

어느 날 너는
내 눈을 보면서 이렇게 말했어.

원츄야!
니쥬야!
러브야!

너무 흔한 말이지만
네가 부르면 느낌이 달랐어.

나를 얼마나 원하는지
너의 눈빛과 목소리가 말해 주었거든.

I want you.
I need you.
I love you.

너는 모를 거야.

내가 밤마다 그 눈빛과 목소리를 생각하며
얼마나 행복하게 잠들었는지 말이야.

불

너를 만나고 나서야 알게 되었어.
내 안에 열정의 불씨가 있다는 것을.

너를 만나면 내 눈은 빛나고
너와 함께라면 나는 온 맘을 다해.

내 심장을 뜨겁게 하는 사람은
오직 너 하나뿐이니까.

두려움 없는 사랑

나는 사람들에게 먼저 다가가는 것도
사람들 앞에 드러나는 것도 싫어했어.

어렸을 때부터 노래만 시키면
부끄러워서 도망가곤 했거든.

하지만 네가 내 손을 잡았을 때,
나는 네 손을 놓지 않기로 결심했어.

어쩌면 나는
용기 없는 사람은 아니었나 봐.

운명처럼 다가온 너에게
두려움 없이 뛰어든 걸 보면.

사랑이 오다

너는 나에게 올 때마다
예쁜 들꽃을 주었어.

그때마다 나는
세상에서 가장 환한 꽃이 되었지.

네가 준 들꽃을 품에 안을 때마다
온 세상의 사랑이
다 내게로 왔어.

들꽃마다 네 사랑을
가득 품고 있었으니까.

시인의 고백

나를 만나고 시인이 되었다는 너,
내게 고백했어.

너를 보면 심장이 뛰는데
보여 줄 수가 없다고.

너를 생각하면 가슴이 뜨거워지는데
전해 줄 수가 없다고.

너는 가슴으로 시를 써.
나는 뜨거운 너의 시를 가슴에 새길게.

네가 내게 오면

네가 내게 오면 그날은 선물이 돼.
나를 춤추게 하는 멋진 하루가 되거든.

내가 먼저 말하진 않을 거야,
춤추기 위해 날마다 너를 기다린다고.

굳게 또 굳게 결심하고도
내 마음은 또 먼저 너에게 달려갈 준비를 해.

네 사랑으로 춤추고 싶어서.
네가 내게 오면 나는 그렇게 하루를 살아.

예쁜 마음

예쁜 것 보는 걸 좋아하는 나!
맛난 것 먹는 걸 좋아하는 나!

너는 강이 보이고 들꽃들이 활짝 핀
아기자기한 레스토랑으로 나를 데려갔어.

하얀 접시 위에 색색 꽃과 함께
멋지게 장식된 맛난 요리가 나올 때마다

나는 "예뻐! 예뻐!" 하며 아이처럼 좋아했고
너는 그런 나를 보며 웃음 지었어.

내가 좋아하는 걸 해 주려고 애쓰는 너!
예쁜 네 마음이 나를 더 행복하게 해.

생일 선물

흔들리는 분홍 풍선에 손으로 쓴
"사랑해."라는 글씨가 보였어.

내 손에 살짝 쥐여 준 카드엔
"너뿐이야!"라고 쓰여 있었어.

콩닥콩닥 뛰는 가슴 겨우 진정시키는데
너는 내 귓가에 노래를 불러 주었지.

"생일 축하합니다.
사랑하는 그대여…… ."

네가 건네준 빨간 장미꽃
진한 향기가 내 마음을 흔들었어.

너의 노래와 선물이
무채색 나의 일상을 무지개 빛깔로 바꿔 주었어.

고마워, 나에게로 와 줘서.
고마워, 또 다른 삶의 이유를 알려 줘서.

이제는

네 앞에서 내 모든 것이 드러난다 해도
난 절대 부끄럽지 않을 것 같아.

너는 나의 연약함까지도
포근하게 다 받아 주었으니까.

나를 드러낼수록
너를 향한 내 사랑은 깊어지고

나를 받아 줄수록
내 마음은 너만을 생각해.

선물

들리니?
너만 생각하면 두근거리는 내 심장 소리.

보이니?
너만 생각하면 입꼬리가 올라가는 내 작은 입술.

너의 따뜻한 미소와 부드러운 목소리는
언제나 나를 설레게 해.

네 마음을 나에게 모두 준 날,
나는 하늘을 훨훨 날았어.

왜냐고?
너는 내가 받아 본 최고의 선물이었으니까…….

부드러운 속삭임

나는 지금도 네 사랑으로 넘치는데
네 가슴엔 아직도 주지 못한 사랑이 더 있다고 했지.

점점 좋아진다는 말, 점점 사랑스러워진다는 말이
나를 행복하게 만들어.

전보다 내가 더 소중해졌다는 그 말이
나를 숨 쉬게 해.

더 많이 속삭여 줘.
더 많이 듣고 싶어.

네 말이 지금 나를
살게 하니까.

모래편지

예쁘고 하얀 조개껍데기를 줍다가
너를 찾았어.

네가 서 있는 모래사장에는
커다랗게 내 이름이 쓰여 있었어.
아주 커다란 하트와 함께!

하얗게 밀려오는 파도보다
더 큰 감동이 밀려왔어.

나는 활짝 웃으며
하트 옆에 네 이름을 썼어.

그런데 밀려오는 파도가
흔적도 없이 지워 버렸지 뭐야.

웃음기 사라진 내 얼굴을 보더니
네가 말했어.

모래사장에 쓴 내 고백은
네 마음에 이미 새겨져 있다고.

별

네가 나에게
운명처럼 다가온 날.

내 마음의 창에
너를 높이 높이 달아 놓았어.

영원히 내 가슴에
별이 되기를 바라며.

너의 응원

야구든 축구든 홈팀이 유리하대.
그 이유는 홈팀이 경기장에 익숙해서도 아니고
원정팀이 피로해서도 아니래.

홈팀 경기에 가장 큰 영향을 주는 건 관중인데,
심판이 홈팀 응원 관중을 의식해서
홈팀에 유리한 판정을 내리기 때문이래.

내 삶의 경기에서 거둔 모든 승리는
내 힘만으로 이룬 것이 아니었어.

내가 이긴 모든 삶의 경기엔
뜨거운 너의 응원이 숨어 있었어.

심판의 마음을 휘저어 놓을 만큼
변함없이 강력한 나의 홈팀, 너의 사랑.

메아리

"너를 지켜 주고 싶어."
"너는 내가 아니면 안 될 것 같아."

너의 말이
내 귓가에서 울리고 있어.

너의 약속이
내 심장을 두드리고 있어.

"너를 지켜 주고 싶어."
"너는 내가 아니면 안 될 것 같아."

손 편지

텅 비어 있던 아파트 은빛 우편함에
낯선 편지 봉투 하나가 꽂혀 있었지.

동글동글 장난스러운 네 손 글씨
그리고 빛나는 네 이름이 보였어.

나는 두근거리는 가슴을 달래며
예쁜 핑크빛 편지 봉투를 급히 열었지.

노란 별 그림 아래
짧은 글 하나가 큰 울림을 내고 있었어.

"널 믿어!"

그때 왜 눈물이 났을까?
나를 믿는다는 그 말이 기뻐서였을까?

지금도 가끔 꺼내 읽는 네 손 편지,
흔들리는 나를 꽉 잡아 주는 큰 손이 되고 있어.

꽃다발

수줍은 듯 붉은 장미 한 송이를 내밀며
네가 말했어.

"꽃의 여왕은 장미라지만
내게는 네가 꽃의 여왕이야."

그럼 여왕도 한마디 할게.

"너는 내 생의 한가운데에 찾아온
가장 아름다운 꽃다발이야."

민들레 꽃

아스팔트 길 틈 사이에 피어난
노란 꽃을 보았어.

외로이 혼자 비집고 올라온 작은 꽃!
질긴 생명력이 뿜어내는 향기!

꽃을 보는 순간
나와 같다는 생각이 들었어.

정원에 피어난 화려한 꽃이 아니라
단단한 아스팔트를 뚫고 나온 꽃.

나는 너를 만나기 위해
아스팔트를 뚫었어.

너를 부르고 싶어서
작은 향기를 내내 품고 있었지.

내 생명력은 꽃보다 질기고
내 향기는 꽃보다 강한가 봐.

아스팔트를 뚫고 나와
너를 만난 걸 보면.

세 번째 이야기

{ 너를 만나 행복해 }

너의 목소리

사랑한다는 건
늘 너의 목소리가 들리는 거야.

보물찾기

이 세상은 처음부터
보물이 숨겨진 아름답고 신기한 곳이었을까?

아이가 들기엔 너무 큰 선물처럼
손바닥에 다 담을 수 없는 넓은 바다처럼

네가 보여 준 세상은 너무나 크고
재미난 것으로 가득 차 있어.

너와 함께하는 순간은 언제나 보물찾기 같아.
이런 멋진 세상에서
그동안 나는 왜 그렇게 무덤덤하게 살았을까?

기적

"너를 만나 행복해."

표현이 서툰 내가
이런 말을 하다니.

이건 정말 믿을 수 없는 기적이야.
네가 나를 이렇게 만들었어.

지난 추억으로 미소 짓는 하루.
앞으로 펼쳐질 날들로 두근거리는 가슴.

이 기적이 끝나지 않기를
나는 날마다 기도해.

가장 아름다운 순간

하얀 치아를 드러내는 웃음만으로도
내 가슴을 두근거리게 하는 너.

너를 만나고 나서야 비로소 알게 되었어.

세상에서 가장 아름다운 순간은
반짝이는 너와 함께하는 모든 일상이라는 것을.

사랑은

머리로 생각하기도 전에
이미 너의 앞에 달려가 있는 거야.

특별한 봄

연분홍 벚꽃 잎이 춤추면서
눈꽃처럼 흩날리던 봄날이었어.

너는 차로 다가오더니
유리창 위에 꽃잎으로 글씨를 썼지.

벚꽃들이 발그스레한 얼굴로 내게 말했어.
"사랑해."

누가 받아 보았을까?
이렇게 향기롭고 달콤한 꽃잎 편지를.

너를 만난 후 느끼는 봄은
이렇게 특별하기만 해.

특별한 여름

별들이 반짝반짝 빛나던 여름밤이었어.

바닷가 모래사장을 같이 걷다가 네가 말했지.
"업어 줄까?"

너의 등에 업힌 내 가슴은
파도처럼 넘실댔어.

조금 더 가까워진 밤하늘의 별들이
한층 더 아름다웠어.

너의 체온보다
네 사랑이 더 따스한 밤이었어.

특별한 가을

노란 은행잎이
내 어깨에 내려앉던 가을날이었어.

너는 눈을 감으라고 하더니
내 손 위에 단풍잎 한 장을 올려놓았지.

살며시 눈을 떠 보니
단풍잎에 적힌 세 글자가 보였어.
사. 랑. 해.

"아하하하~."
난 큰 소리로 웃었어.
단풍처럼 붉어진 얼굴로 말이야.

네 사랑이 만든 아름다운 가을.

사. 랑. 해.
세 글자는 아직도 내 마음을 흔들고 있어.

특별한 겨울

하얀 눈이 펑펑 내리던 겨울날.

너와 나는 하얀 눈밭에 나란히 누워
한쪽 팔을 움직여 천사의 날개를 만들었어.

우리는 한쪽 날개밖에 없어서
손을 맞잡아야만 날 수 있는 짝꿍 천사가 됐지.

신기해.

너와 함께하면 모든 일상이
추억이 되고 사랑이 된다는 게.

날개옷

네가 입혀 준 사랑이라는 옷에는
날개가 있나 봐.

내가 늘 너에게로 날아가는 걸 보면…….

함께 가는 길

너와 처음 갔던 길은
설레고 아름다웠어.

너와 함께 가는 길은
늘 두근거리고 행복할 거야.

첫 입맞춤

네가 처음으로 나에게
입 맞추었던 때를 기억하니?

조심스레 뽀뽀한 너는
당황한 내 눈을 바라보았어.

그러고는 큰 소리로 웃었지.
놀라며 너를 밀어낼 줄 알았던 내가 이렇게 말했으니까.

"또 해 줘."

이상하지?
너를 만나면 용기가 생기고
너를 만나면 모든 걸 말할 수 있으니 말이야.

하지만 이유를 알 것 같아.
너니까 그래.

너도 나니까 그랬겠지?
네 눈빛이 말하고 있어.

백 허그

커피를 타는 내 뒤로
네가 조용히 다가와 백 허그를 했어.

"깜짝이야."
내 말에 네가 미소 지었어.

내가 또 말했어.
"나 이런 거 좋아해."
네가 큰 소리로 웃었어.

그날 우리는 서로에게서
엄마 품보다 더 깊고 따스한
안식처를 찾았어.

나는 너를 만나고 나서야
내가 무엇을 좋아하는지,
무엇을 원하는지 알게 됐어.

사랑이 나를 만들어 가고 있어.

둘만의 비밀

"방울토마토!"

사람들 많은 길거리에서 네가
커다랗게 외치는 소리에 나는 웃음이 났어.

우리 둘만 알아듣는 사랑의 언어였으니까.

'토마토'는 '사랑해'라는 말이고
'방울토마토'는 '많이 사랑해'라는 말이었지.

다른 비밀 언어도 있었어.

'초코 쿠키'는 '보고 싶어',
'카푸치노'는 '뽀뽀해 줘',
'아기 캥거루'는 '넌 내 거야'.

네가 나를 향해 외쳤어.
"초코 쿠키! 카푸치노!"
나도 너를 향해 외쳤어.
"방울토마토! 아기 캥거루~~~~~~~~!"

비밀 고백

내가 지나가는 길목마다
너의 고백들이 은밀히 쓰여 있었어.

버스 정류장 유리에 쓰인 '방울토마토',
집 앞 도로에서 발견한 '아기 캥거루',
아파트 계단에 쓰인 '초코 쿠키'.

다른 사람들은 결코 알 수 없는
사랑의 고백들이 나를 웃게 했어.

비가 와서 지워져도 눈이 와서 덮여도
내겐 항상 또렷이 보일 거야.

네가 적어 놓은 비밀 언어들을
내 가슴에 문신처럼 새겨 놓았으니까.

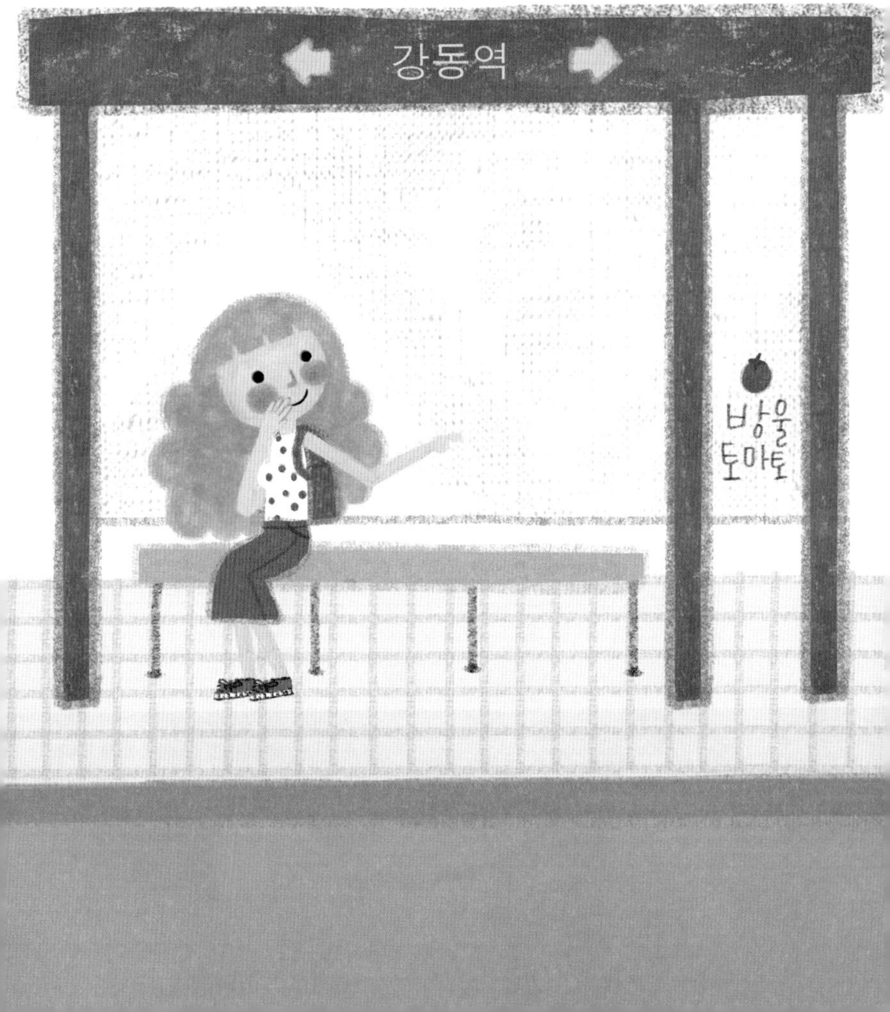
강동역
방울
토마토

영화 같은 이야기

너와 손깍지를 끼면
너의 마음이 고스란히 느껴져.

내가 너의 손을 살짝 두 번 누르면
너는 내 손등에 입맞춤해 주었어.

너에게만 보이는 나의 행동과
나에게만 보여 주는 너의 모습은

꿈에서라도 다시 보고 싶은
아름다운 순간들이야.

영화 속에서나 보았던 일들이 우리에게도 일어났어.
어쩌면 꿈을 꾸고 있는 건 아닐까?

깨지 말아야 할 꿈.
끝나지 말아야 할 영화.

기다림

언제부턴가 내게 하루는
두 종류가 되었어.

네가 나에게 와 준 날.
네 사랑으로 나는 행복해.

네가 오지 않은 날.
나는 슬퍼하는 가슴에게 이렇게 타일러.

"지금은 쉼표일 거야."

쉼표는 쉬는 표시가 아니라
소리 없는 연주래.

나는 네 사랑을 믿고 싶어.
소리는 없지만 나에게 보내는 네 사랑을.

유츠프라카치아

네가 말했어.
"아프리카 깊은 밀림에 있는 유츠프라카치아는
공기 중에서 소량의 물과 햇빛으로 산다고 해.
사람의 영혼을 가졌다는 이 식물은
모르는 사람이 건드리면 시들어 버리지만,
건드렸던 사람이 계속 만져 주면 죽지 않고 산대.

생각해 보니 너는 유츠프라카치아 같아.
나의 손길이 있어야만
살아갈 수 있는 너는 유츠프라카치아."

내가 말했어.
"더 많이 사랑해 줘. 계속 내 마음을 어루만져 줘.
나는 네 사랑으로만 살 수 있으니까."

네 번째 이야기
{ 너는 내 꿈이야 }

너를 알기 전에

출렁이는 파도 같은 이 세상을
사람들은 어떻게 살아왔을까?

생각해 보면
가슴이 먹먹해져.

너를 알기 전에는
나도 그랬으니까.

큰 사람

너를 왜 사랑하느냐고
나에게 물었지?

그건 바로
천 가지 내 슬픔보다 더 큰
너의 사랑을 만났기 때문이야.

천 가지 슬픔은
한 가지 기쁨으로 덮인다고 하더라.

천 가지 내 슬픔을 덮어 준 너는
내가 아는 가장 큰 사람이야.

그래서 자꾸 기대고 싶고
품에 안기고 싶은가 봐.

봄 자전거

"창밖을 봐!"
손전화로 들려온 네 목소리에 나는 창가로 달려갔어.

신호등 앞 초록 나무 아래
파란 자전거와 미소 띤 네가 있었지.

"내려와."
그 말이 끝나기도 전에 나는 쪼르르 달려갔어.

자전거 뒤에 앉아 너의 허리를 잡고
까르르 웃으며 동네를 한 바퀴 돌았지.

개나리 빛 줄무늬 네 티셔츠와
진달래 빛 내 원피스보다 더 빛난 건

봄 햇살을 받아 찬란하게 빛나던
우리의 행복한 웃음이었어.

너와 내가 만든 봄이 골목길에 가득 찼고
우리 가슴엔 예쁜 추억 하나가 들어왔어.

동그란 도넛

"동그란 도넛이야!"
너는 내 손에 조그마한 선물 상자를 올려놓았어.

나는 빨간 리본을 풀고 상자를 열어 보았어.
작은 금빛 반지가 반짝이며 나를 반겼어.

제일 작고 약한 손가락에 주는 선물이라며
너는 내 새끼손가락에 반지를 끼워 주었어.

새끼 반지에는 행운과 소원의 뜻이 있다며
내가 너의 행운이라고 했어.

너의 행운인 나! 새끼손가락 걸고 약속할게.
네 마음을 절대로 빼놓지 않겠다고!

사랑하는 마음 하나

네 앞에서는 아무것도
계산할 수가 없어.

손해나 이익 따위는
생각하지 않아.

너를 사랑하는 마음 하나면
나는 늘 만족하니까.

머물다

3월은 '마음을 움직이게 하는 달'이라고
인디언들은 이야기한대.

3월에 태어난 내가 너의 마음을
불꽃처럼 움직이게 하고

네 사랑이 나의 마음을
지진처럼 움직이게 하나 봐.

너를 사랑하게 됐으니
이제는 움직이지 않을 거야.

한 곳에 머물 거야,
네 마음 가장 깊은 곳에.

무지개 물고기

햇살이 반짝이던 시냇물 위로
바람을 가르며 뛰어 오르는 것이 있었어.

눈이 마주친 너와 나는 약속이라도 한 듯이
양말을 벗고 시냇물로 뛰어들었어.
재빨리 달아나는 물고기를 분주히 따라다녔지만
물고기는 우리를 비웃듯 날갯짓하며 춤을 추었지.

너는 작은 돌로 냇물을 막아 동그랗게 쌓아 놓곤
물고기가 도망갈까 봐 내게 조용히 걸어 내려오라고 했어.
나는 살금살금 물고기를 몰았어.
물고기들이 막아 놓은 곳으로 들어가자
너는 맨손으로 그중 한 마리를 잡았어.

나는 환호성을 질렀어.
길이가 10cm나 되는 무지개 물고기였어.

힘겹게 잡은 물고기는 냇가에 다시 놓아주고 왔지만
추억은 더 힘찬 날갯짓으로 나를 네게 이끌어.

네가 만든 소리 1

애교라고는 찾아볼 수 없었던 내가
콧소리를 내기도 하고

음악 시험 때조차 힘들어하던 노래를
네 앞에서 부르기 시작했지.

그러나 그 무엇보다도
신비롭고 아름다운 소리가 하나 있어.

작지만 큰 울림인 네가 만든 이 소리,
"나는 너만을 사랑해."

네가 만든 소리 2

서양 사람들은 악기를 성별로 구분했대.

기타와 피아노는 남성,
아이러니하게도 덩치 큰 드럼은 여성이라고 해.
그 이유는 소리 때문이래.

기타는 누가 쳐도
같은 소리를 내서 남성이라고 하고,
드럼은 치는 사람에 따라
다양한 소리를 내서 여성이라고 한대.

네가 나에게 다가온 날부터
나는 드럼처럼 새로운 소리를 내기 시작했어.

지금 네게 들리는 사랑이 있다면
그건 모두 네가 만들어 낸 소리일 거야.

깊은 믿음

네가 말했지.

"흔들리지 말고 나를 믿어.
믿음이 없으면 사랑은 무너진다."

지진처럼 내 맘을 흔들던 두려움이
네 말 한마디에 연기처럼 사라져 버렸어.

사랑

너의 깊은 생각을 믿어 주는 것.
너의 모든 결정을 기다려 주는 것.

그게 사랑이야.

꿈의 집

강한 바람 앞에 쓰러지지 않으려고
새는 바람이 거센 날을 골라 집을 짓는다고 해.

삶의 바람 앞에 넘어지지 않으려고
나는 너에게 깊이 뿌리를 내렸나 봐.

아직도 내 삶엔 비바람이 거세지만
나는 너와 함께 머물 튼튼한 집을 짓고 있어.

바람도 우리를 쓰러뜨리지 못하게.
폭풍우도 너와 나를 넘어뜨리지 못하게.

마음이 시킨 일

너의 마음속 깊은 곳에 들어가
네 생각을 모두 읽어 보고 싶어.

너를 사랑하는 마음이
그렇게 시키고 있어.

씨앗의 꿈

네가 가르쳐 주었지.

씨앗 속에 나무가 보이면 씨를 뿌리고
죽은 씨앗은 심지 않는다고.

나는 너와 함께 쉴
큰 나무를 꿈꾸기 시작했어.

햇볕 따가운 날 시원한 그늘을 드리워 주는
포근한 사랑의 숲을 만들 거야.

지금 내 가슴속 씨앗은
나무를 또 숲을 꿈꾸고 있어.

웃음꽃

너는 내가 우는 모습을 싫어했어.
내 눈물을 보는 건 힘든 일이라면서.

그래서 자주 이렇게 말했지.
"너는 웃는 모습이 제일 예뻐!"

너는 개그맨이 되어 갔어.
춤추고 노래하고 애교까지 보여 주면서.

내 울음의 끝엔 항상 네가 있었지.
내 웃음꽃은 모두 네가 피워 준 거야.

너는 사랑이란 이름으로
눈물마저 꽃으로 만들더라.

느낌표

처음 너를 만나
생겼던 물음표들!

지금 내 마음엔 네가 만든
감탄사와 느낌표로 가득해.

사랑과 꿈

사랑한다는 말은
너와 나의 꿈을 위해
서로의 키가 자라도록 도와주는 거야.

너의 꿈이 쑥쑥 자라나도록
사랑으로 북돋워 주는 것.

그것이 사랑이야.
너는 또 다른 나니까.

응원

내 귓가에는 항상
너의 우렁찬 응원 소리가 들려.

"너는 보석이야.
조금만 갈고닦으면 곧 빛이 날 거야."

내 편이 생겼다는 기쁨에
나는 다시 용기를 내고 있어.

나를 최고라고 치켜세우는 너의 엄지손가락이
새로운 나를 만들어 가고 있어.

고마워.
나를 일으키는 너의 뜨거운 사랑.

나도 더 보여 줄게.
너를 만드는 내 깊은 사랑.

함께 그리는 그림

너는 늘
나만을 가슴에 품고 살아야 해.

나는 항상
너만을 그릴 거니까.

사랑해.

티격태격 아픔이 있어도
차츰 변해 가고 모순이 발견돼도

그래도 사랑해.
나는 너를, 너는 나를.

별 내린 숲

너는 나에게
별 내린 숲이 되라고 했지.

많은 사람들이 쉼을 누리는
초록빛 숲이 되라고 했어.

나는 숲이 되기로 했어.
누구보다도 네게 편한 쉼을 주고 싶어서.

별 내린 숲에서 네가 편히 잠들면
소곤소곤 꼭 말해 줄 거야.

"내게 와 줘서 고마워.
그리고 사랑해."

쓰고 그린이 무릎이 임선경은
서울에서 태어나 홍익대학교 미술대학과 같은 대학교 미술대학원을
졸업했습니다.
작품을 통해 누군가에게 말 건네고 손 내미는 것을 좋아하는 작가는
"너를 만나 행복해."라고 인사합니다.
그녀의 따스한 그림은 지친 이들의 어깨를 토닥여 주며
당신의 마음에 사랑과 기쁨의 색깔을 칠해 줍니다.
오늘도 그녀는 비 갠 오후의 무지개 같은 설렘으로,
사랑은 주는 거라며 사랑하는 그대에게 이야기합니다.
"그래도 사랑해."

www.yimsunkyung.com

사랑하는 그대에게 전하는 따스한 그림에세이

그래도 사랑해

초판 1쇄 2016년 1월 5일
글·그림 임선경 | 펴낸이 황정임 | 펴낸곳 도서출판 노란돼지(초록서재)
경기도 파주시 (파주출판문화정보산업단지) 문발로 115, 108 (우)10881 | 전화 (031)942-5379
팩스 (031)942-5378 | 등록번호 제406-2009-000091호 | 등록일자 2009년 11월 30일
편집 황윤선 | 교정교열 김혜영 | 마케팅 김민경 | 디자인 이재민

도서출판 노란돼지(초록서재)는 독자 여러분의 의견을 기다립니다. http://blog.naver.com/ypig007
ISBN 979-11-957187-2-6 03810 ⓒ 임선경, 노란돼지(초록서재), 2017
이 책의 그림과 글의 일부 또는 전부를 재사용하려면 반드시 저작권자와 노란돼지(초록서재)의
동의를 얻어야 합니다.
이 도서의 국립중앙도서관 출판시도서목록(CIP)은 e-CIP홈페이지(http://www.nl.go.kr/ecip)와
국가자료공동목록시스템(http://www.nl.go.kr/kolisnet)에서 이용하실 수 있습니다.
(CIP제어번호: CIP2016029844) 값은 표지 뒷면에 있습니다.

초록서재 초록서재는 도서출판 노란돼지가 만드는 청소년 및 성인 출판 이름입니다.